朝枝繁露 ZHAOZHI FANLU

时代出版传媒股份有限公司
安徽文艺出版社

作者简介

　　邹焰,1944 年 2 月出生,安徽省合肥市巢湖人。1963 年考入合肥师范学院中文系,1968 年分配至无为县蜀山中学任教,1979 年 10 月调至巢湖师范专科学校任教。2002 年巢湖师范专科学校升格为巢湖学院(本科)后,在文学传媒与教育科学学院任教,2004 年 2 月退休。1993 年被评为安徽省优秀教师,1994 年荣获全国曾宪梓教育基金会奖三等奖,1997 年荣获安徽省教育系统 "比翼双飞好夫妻"称号。2014 年到合肥市巢湖老年大学诗词楹联班学习诗词楹联写作,系中华诗词学会会员、中国楹联学会会员、安徽省诗词协会会员、安徽省诗人之家委员会委员、巢湖市诗词楹联学会会员。

朝枝繁露

ZHAOZHI FANLU

邹　焰◎著

时代出版传媒股份有限公司
安徽文艺出版社

图书在版编目（ＣＩＰ）数据

朝枝繁露/邹焰著. —合肥：安徽文艺出版社,2023.7

ISBN 978-7-5396-7743-9

Ⅰ．①朝… Ⅱ．①邹… Ⅲ．①诗词－作品集－中国－
当代②对联－作品集－中国－当代 Ⅳ．①I217.2

中国国家版本馆CIP数据核字(2023)第052366号

出 版 人：姚　巍

责任编辑：胡　莉　　　　　　　　　装帧设计：徐　睿

··

出版发行：安徽文艺出版社　　www.awpub.com

地　　　址：合肥市翡翠路1118号　　邮政编码：230071

营 销 部：(0551)63533889

印　　制：安徽新华印刷股份有限公司 (0551)65859551

··

开本：880×1230　1/32　印张：6.375　字数：103千字

版次：2023年7月第1版

印次：2023年7月第1次印刷

定价：38.00元(精装)

··

比翼双飞好夫妻

作者风采

骏马驰骋　邹焰/摄

静静的白桦林　邹焰/摄

骏马奔腾　邹焰/摄

翱翔蓝天　邹焰/摄

小船悠悠桃花潭　邹焰/摄

丰收在望　邹焰/摄

乘着木筏看森林　邹焰/摄

春在深山油菜花　邹焰/摄

仙都山水　邹焰/摄

新疆风采的小木屋　邹焰/摄

神秘的喀拉斯湖　邹焰/摄

贾登峪的肥羊　邹焰/摄

垛田千亩尽黄金　邹焰/摄

雾云山梯田　邹焰/摄

新疆贾登峪风光　邹焰/摄

湖北大悟秋光　邹焰/摄

巢湖飞鸟晚归急　邹焰/摄

花古鲁台风光　邹焰/摄

七彩丹霞　邹焰/摄

群羊自在草腴丰　邹焰/摄

长寿老人　邹焰/摄

碧水轻舟祖孙荡　邹焰/摄

盈盈笑语采莲蓬　邹焰/摄

鸣沙山的骆驼队　邹焰/摄

蜂荷图　邹焰/摄

春桃似火　邹焰/摄

油菜芬芳醉客人　邹焰/摄

春随人意绽花枝　邹焰/摄

度假巢湖边　邹焰/摄

仙气缥缈的天山瑶池　邹焰/摄

月牙泉与鸣沙山　邹焰/摄

五亭桥外桃花艳　邹焰/摄

竹排悠悠磨子潭　邹焰/摄

落日熔金　邹焰/摄

宏村的半月塘　邹焰/摄

黄山云海　邹焰/摄

画桥朝阳　邹焰/摄

孤灯小船蓑笠翁　邹焰/摄

如链似带的云和梯田　邹焰/摄

绿水北流的喀纳斯河　邹焰/摄

大别山云海　邹焰/摄

金山岭长城烽火台　邹焰/摄

蓝色的青海湖　邹焰/摄

篁岭晒秋　邹焰/摄

天下第一关——嘉峪关　邹焰/摄

通天河畔　邹焰/摄

瓯江渔民身手巧　邹焰/摄

鼓浪屿的清晨　邹焰/摄

美丽的赛里木湖　邹焰/摄

山村云海两相依　邹焰/摄

小舟山梯田的备耕马队　邹焰/摄

八达岭长城　邹焰/摄

捕害虫能手　邹焰/摄

水乡　邹焰/摄

目　　录

1

时事篇

览胜篇

咏物抒怀篇

酬唱赠友篇

怀思篇

联花篇

序

张犇

母亲准备出版一部个人诗集作为给自己八十岁的寿礼，出于严谨和自谦，在诗集的名称上斟酌再三，最终才确定以《朝枝繁露》作为书名。

中国传统文化中有很多对于八十岁的别称和雅称，如"耄耋""杖朝""朝枚""朝枝"等等，其中，"朝枝"的本意虽与婉约无关，却最有韵味，因而用"朝枝"指代母亲的八十大寿；"繁露"二字，意指母亲是在党和人民的阳光雨露沐浴下成长起来的，且从教多年，桃李满天下，退休之后还笔耕不辍，摄影、诗词作品迭出，成果丰硕如繁露，因而与"朝枝"合为《朝枝繁露》。

母亲写诗，实际上只是近些年的事，不过她以前在高校中文系教授中国现代文学课程，虽少将笔墨付诸诗词，但毕竟有几十年的中文专业底子，因此一入手便一发而不可收拾。从初始的为平仄起承咬文嚼字，到现在

1

洋洋洒洒、云霞满纸，所作诗词，早已可汇为一部诗集。如今选朝枝之年出版，正得其时。

母亲是 20 世纪 40 年代初生人，几乎经历了中国现当代史上变革最为剧烈的各个时期，是时代的见证人，而且与同代人相比，母亲的经历更加坎坷和丰富，不仅历经国家从积弱到强盛的伟大历程，她个人也从一个纯粹的大山里的女孩，成长为一位诲人不倦的高校教师。虽历尽艰辛，却写出了个人的传奇。

作为一位自小就经历过战乱，又沐浴了新社会阳光雨露的来自大山的农村女孩，自强、奋进、矢志不渝的精神，成了母亲一辈子的性格符号，一直保持至今，也深深地影响了我们。

自十五岁起，父母相继离去，母亲便孑然一人生活与学习。母亲自强的性格和其时国家的政策支持，使母亲有幸从山沟里艰辛地走出，成为一名中师的学生。又经过三年的勤学不辍，师范毕业时，被选送参加高考，成为 20 世纪 60 年代的一名"天之骄子"。

从中师到大学，一路坎坷，终见彩虹，母亲的人生从此逆袭。在大学期间，遇见了父亲，母亲的人生就更加丰富多彩起来。

响应国家号召，去最艰苦、最需要的地方工作，是那个年代大学生至高的人生追求。大学毕业后，父亲和母亲义无反顾地来到了偏居一隅的无为市西南乡的蜀山小镇安家落户，成为最早扎根这个小镇的大学生。他们和同事们一道，在农田中建起了中学，教书育人，而这一扎下，就是整整十二个年头，连我和姐姐也在镇上的小学读至三年级。十二载的辛勤培育，结果可谓"十步之泽，必有香草"，令父母倍感欣慰。直至今日，他们在蜀山中学教授过的乃至后来教过的学生每年都依然以各种形式向他们一诉衷肠，与他们回忆过往，而其中的很多学生如今也已年近古稀。

20世纪70年代末，适逢安徽师范大学巢湖教学点和教师进修学校（后为巢湖师范专科学校，2002年升格为巢湖学院）的兴建，巢湖地区教委要求各县支援教师，母亲便先于父亲调离了工作、生活了十二年的蜀山小镇。一年后，父亲携姐姐和我也来到了巢湖，一家人其乐融融，母亲的才华也逐渐有了施展的空间。

母亲对于文学和写作的兴趣一向浓厚，教授的又恰是中国现代文学课程，因而时有佳作面世，但囿于家务繁重，后来这些爱好一搁也就到了她退休的年龄。

但天不遂人愿，刚刚退休，父亲便溘然离去，四十余年的生活伴侣，共同经历了几多甘苦艰辛，及至刚享天伦之乐,却天人永隔,母亲的崩溃几乎不可挽回。

父亲刚离去的那几年,母亲的生活之艰难、状态之颓唐,已近谷底。其时我刚辞职读博,幼子尚在襁褓。母亲既要承受父亲离去之哀恸,又要支持我读博的生活,还舍不得嗷嗷待哺的孙子。那一段岁月无疑是灰暗的、阴郁的,至今回想起来,依然刻骨铭心。

但母亲一直就是一个独立、自强之人,是一个从十几岁即为自己命运做主的人。在那段痛彻心扉的日子里,母亲在支持我们的同时,以极大的毅力走进集体,涉猎摄影、书法、绘画、诗词,排解自己的哀痛。不到几年时间,就佳作连连,不仅办了个人摄影展,还成为安徽省摄影家协会的会员。

生活的经历和专业的基础,使诗词创作成为了母亲近些年的最大爱好和情感寄托,正是有了诗词做伴,母亲将对父亲的思念藏在心里,表达在诗句中,倾盆泪雨化入万里长空,一首首情感真挚的作品迭出,充实了母亲的生活,活跃了母亲的情绪,诗词的意境也逐渐从情思哀婉转向昂扬乐观,文采与情感并具,诗兴与现实共情。

在这本《朝枝繁露》中,写景叙事、咏物抒怀、酬唱赠友等,无不涉及,无不走心。细细读来,或婉约如游江南画境，或激越如观红日初升，或情愫细腻绕指柔，或磅礴大气吞山河，既呈现了母亲阅尽沧桑之经历，又沉蕴了馥郁书香之文采。

母亲赋诗作词，从爱好成为情怀，既无功利之心，夏无逢迎之意。她将她过去的经历、今天的感怀和明天的愿景，统统以诗词为介，尽情表达。她的诗词情真意切，是抒发，是冥想，是寄托，是回望，是对于生活的热爱和对人生的理解。

诗词的本意是"言志"，诗词的旨趣是"抒情"。母亲虽非诗词大家，然则能参透诗词之真谛，言一生世变，抒往今云烟，虽日居月诸，意之所在却依然澄澈明洁。她的诗风词韵，也因此自成蹊径。

乡 情 篇

我出生在一个偏僻的小山村——巢湖市散兵镇银屏山小岭村。这个小山村位于巢县和无为县的交界处，解放前属于无为县，解放后划归了巢县。它坐落在银屏山的南麓，在巢湖的南岸。对于巢湖市人来说，这里是深山更深处。也确实如此，我的家乡的特点是羊肠小道盘陀路，出门爬山；耕作是开山地、种旱粮，从高山往下看，水田就像豆腐干那么大。解放前我就是这个小山村的一个小小的村姑。解放后，政府动员穷人的孩子上学读书识字，将来为国家服务。于是我就在校长的带领下，背上书包，走进小学。最后，成为新中国第二届大学生。现在，我退休了，但我爱我的家乡，只要有空，我就想回家乡看看。当然，现在的家乡已不是闭塞的小山村，"山乡巨变"，变成旅游区了。

小岭村即景（四首）

一

崇山峻岭小村幽，如火丹枫恋素秋。
红柿枝头朝日映，岂能诗海不垂钩？

二

早稻栽插听噪蛙，春浓瓜蔓绕篱笆。
清风送爽炊烟袅，静坐溪边赏落霞。

三（新韵）

往日纷忙已淡怀，闲归故里乐悠哉。
村边静听溪欢唱，石上欣观碧绿苔。

四

阡陌纵横小径斜，绿杨荫里有农家。
高峰凝翠村姑美，沐浴春晖正采茶。

乡忆（四首）

乡趣

童年最爱小溪清，乐逐微波碧水行。
石底摸鱼麻串起，中餐水煮作佳羹。

乡愁

当年父辈出门愁，小道盘陀崖夹沟。
求学上街峰岭险，深山子弟梦难休。

乡读（新韵）

20 世纪 50 年代的农村小学，大部分在宗祠里，我的小学母校就在邹氏宗祠里。

古式宗祠小道边，书声琅琅自和喧。
园丁勤苦滋桃李，秀木成材山野间。

乡情

族弟早年留学美国，后留美国工作。前几年回国探亲，回乡不认识路，回村找不到家。家乡变化太大了。

寒梅绽放鹊栖多，松路清芬踏韵歌。
游子难寻村路径，楼房已替旧时窠。

过银屏山（通韵）

峭壁嶙峋列万军，秋深竹木养黎民。
牡丹仙子悬崖上，翘首遥寻吕洞宾。

咏楼下樱花

东风一夜樱花放，满树嫣红蜂蝶忙。
仰视芳枝摇曳处，仙姿笑口吐清香。

早春龟山晚眺（新韵）

龟山远眺大湖西，天碧水连斜照低。
细柳漫飘呈丽彩，寒风未退杏花迟。

姥山塔眺中庙

高楼林立近霞虹，快艇如飞碧浪冲。
古寺巍巍云霭里，渔船点点大湖中。

春游姥山岛

美岛姥山湖水环，如飞快艇气神闲。
赤橙黄绿春光漾，蜂蝶花丛吻靓颜。

晨摄睡莲

睡莲晨绽送幽香，碧水粼粼映日光。
粉紫娇红迎仲夏，高楼云影共辉煌。

春游银屏山

采茶时节用箩筐，曜曜春阳照脸膛。
圣洁牡丹临峭壁，轻灵紫燕唱柔腔。
蕨苔鲜笋呈佳味，翠柏苍松列画廊。
远眺凭栏观瀑布，仙人洞口玉茗尝。

咏银屏奇花白牡丹（二首）

一

奇葩静净处山乡，身置悬崖美誉扬。
雪帽云衣霞作带，餐风饮露石为床。
清明蕊敛浓浓韵，谷雨花开淡淡香。
返璞归真仙子态，冰肌玉骨傲群芳。

二（通韵）

阳春四月①柳如烟，绝壁奇花白牡丹。
玉立娉婷巍嶂里，丰神俊朗峭崖间。
清明云岫催芳韵，谷雨甘霖润素颜。
洁净晶莹无秽垢，风情占尽爱尘缘。

---

① 四月，这里是指阳历四月，农历是三月。

山村秋韵

远离城市岭峰幽，寒露凝霜照暮秋。
石径崎岖飞落叶，涧溪清碧映田畴。
粮丰果硕金波灿，芦白榴红竹影柔。
人字飞鸿声亮远，高天寄语亦风流。

早春登高楼望巢湖（通韵）

栉比高楼接大湖，水天同色碧波舒。
春风漾漾柳绦绿，细雨霏霏草色殊。
来去渔舟轻撒网，翻飞鸥鸟戏追珠。
大船满载凌云去，紫气一帆风顺图。

巢湖之夏

湖映青山景自嘉，轻舟撒网捕鱼虾。
和风有意催莲碧，绿水无边照藕花。
烈日秧苗抽稻穗，小楼村落是农家。
村姑一曲《巢湖好》，碧浪飞扬映彩霞。

晚秋环游巢湖

潋滟巢湖水接天，岸边白鹭舞翩跹。
披霜芦荻银光耀，沐露丹枫焰火燃。
绿树清波村外合，高粱稻谷眼前妍。
连波秋色赛春美，喜看流金丰稔年。

鼓山塔远眺

枫叶深红稻谷黄，鼓山环眺正重阳。

神游扬子三千里，目击巢湖二百乡。

五谷精收仓廪实，百年安度寿星康。

翔鸿阵阵晴霄外，古树层林万木霜。

咏姥山岛

湖光山色两相俦，塔顶飞云逐鹭鸥。

仰望文峰①思雅士，俯搜诗韵写金秋。

风催碧浪连波涌，日照渔舟下钓钩②。

百鸟齐鸣迎贵客，八仙闻讯姥山游。

———————

① 文峰，指姥山岛上的文峰塔。

② 下钓钩：巢湖现已封湖，但我当时写这些诗的时候，还没有封湖，渔民可以捕鱼。

临湖观荷

朝暾灿灿临湖美，叠翠荷塘露韵丰。
莲叶接天如伞盖，芙蕖出水胜霞虹。
蜂亲蝶绕寻香蜜，日丽风和伴艳丛。
碧水轻舟祖孙荡，盈盈笑语采莲蓬。

天净沙·春日回乡

乡村柳树朝霞，

小楼溪水人家，

绿麦黄花碧野，

青峰坡下，

姑娘正采新茶。

忆江南·临湖乡观光

临湖水，
清碧满池塘。
艳艳荷花披绚丽，
田田莲叶竞芬芳。
一派好风光。

临湖美，
整齐小楼房。
鹅鸭成群民意惬，
禾苗茁壮稻花香。
富裕步康庄。

蝶恋花·山乡巨变

家住深山无打扰，
要想出门，
小路峰崖绕。
孩子读书真是少，
上街越岭坡崎峭。

现在路宽春更早，
户户村村，
处处公交到。
快捷便民都赞好，
进城求学没烦恼。

南乡子·校园景

布谷唱新村，
鹊舞高楼不畏人。
草地如茵花正艳，
怡神。
处处书声学子勤。

年少惜光阴，
学得真知为国民。
三月阳春播种季，
耕耘。
秋后丰收谷满囤。

江南好·天台禅寺

天台寺，
坐落在田畴。
民盼小康迎廪实，
风扶稻穗接金秋。
沁腑桂香幽。

江南好·银杏古树

银杏树，
栽植在隋唐。
叶茂果丰经雪雨，
枝遒骨劲历沧桑。
四季沐阳光。

浣溪沙·汪桥

采景汪桥作旅游，
春光满目却深秋。
遍墙彩绘几回眸。

小院整齐花艳艳，
楼房靓丽水悠悠。
农家含笑闹丰收。

临江仙·赞郁金香高地

燕舞春山观绿，
莺鸣婉转迷魂。
平冈香海路留痕。
人谈欧美客，
华夏早为民。

黄绿赤橙如锦，
牵心萦绪凝神。
蜂亲蝶戏绕花茵。
郁金香怒放，
观景揖清芬。

鹧鸪天 · 摄影芦溪湿地

杨柳依依湿地娇，
渔船南北棹轻摇。
涛声拍岸听诗韵，
一鹤冲天惊碧霄。

观竹翠，赏云飘，
晴辉泼洒大湖娆。
芦花枫叶交相映，
落日熔金红浪滔。

九张机·巢湖市风光赞

自古居巢美不疑，
我今织就九张机。
千经万纬浓情绕，
万缕千丝总是诗。（序诗总赞）

一张机，巢湖如拭鸟飞低。
群山倒映鱼虾戏，
蓝天白鹭，清波红日，
柔浪荡涟漪。（赞巢湖）

二张机，文峰古塔水中坻。
参差房舍舒民意，
湖光岛色，姥山翠滴，
快艇展雄姿。（赞姥山岛）

三张机，银屏仙洞美名驰。

牡丹仙子悬崖立，

花开谷雨，丰年预报，

造化令人奇。（赞银屏牡丹）

四张机，两山旗鼓范增迷。

山中归墓难移志，

苍松翠柏，花香鸟语，

宝地慰乡思。（赞鼓山旗山）

五张机，紫微溶洞景如霓。

天生乳石千姿丽，

暗河涌淌，峭然石壁，

一瞻醉心痴。（赞紫微洞）

六张机，金牛自卧古城西。

儿童嬉闹骑牛戏，

古稀耄耋，休闲聚集，

静听子规啼。（赞卧牛山公园）

七张机，相传神话洗耳池。

许由巢父皆高士，

幽池掩映，风光旖旎，

深树唱黄鹂。（赞洗耳池公园）

八张机，温泉泻玉洗凝脂。

皮肤风湿能调治，

半汤古镇，玲珑秀丽，

盛世小康时。（赞半汤温泉）

九张机，春随人意绽花枝。

桃红柳绿芬芳地，

郁金香海，游人如织，

观景叹依依。（赞郁金香高地）

巢湖风景总相宜，

碧水青山展靓姿。

韵海搜来诗意句，

春风桑梓骏马驰。（尾声）

时　事　篇

没有共产党就没有新中国。没有新中国就没有今天的我。党的阳光雨露哺育了我。我牢记初心，热爱和平，关注世界风云。我用我的满腔真情，写下了在中国共产党的领导下，全党全国各族人民筚路蓝缕，辟除榛莽，走向辉煌，走向复兴的赞歌。

我热爱我们富饶美丽的祖国。祖国的一日千里，祖国的繁荣富强，如同一股清泉，时时荡涤我的心灵。我将我真挚与热切的爱倾注笔端，收进我的诗囊。

我热爱我们伟大的领袖，热爱为党、为祖国、为人民抛头颅洒热血的新中国缔造者。我热爱那些清正廉明、不辞劳苦的公仆，他们是民族的脊梁。我的诗词里有我敬佩的歌唱。

纪念抗日战争胜利七十周年

金陵古籍六朝留，日寇贪婪占不休。
卅万同胞皆赴难，九州国土尽蒙羞。
英雄御敌神州固，民众驱倭壮志酬。
强盗妄图欺世听，贼心不死祸临头。

献给中国共产党成立九十五周年

启动红船九五年，炎黄史册谱新篇。
党旗漫卷镰锤舞，众志成城钢铁坚。
扫尽乌云驱日寇，根除蒋孽灭狼烟。
如今反腐虎蝇打，愈是艰辛更向前。

喜迎党的十九大（通韵）

党代会开在北京，创新进取聚精英。
攻坚规划蓝图绘，定向擎旗习近平。
整饬党风除恶腐，官廉气正铸魂灵。
初心不忘圆民梦，玉宇澄清百业兴。

周总理逝世四十二周年祭

总理六无①何染尘？清风两袖见精神。
纵横寰宇丰碑屹，磊落终生一世辛。
日理万机民楷范，勤劳任怨国良臣。
鞠躬尽瘁终身献，旷古忠魂列伟人。

---

① 六无：一无，死不留灰。二无，生而无后。三无，官而不显。四无，党而不私。五无，劳而不息。六无，死不留言。

壮丽七十年（通韵）

中华大地四时春，似锦繁花沐沛霖。
七秩复兴追好梦，八方昌盛记初心。
东风浩浩吹寰宇，紫气微微润墨林。
禹甸安宁民喜乐，牵星挽月领潮人。

共和国七十华诞颂

和谐社会山河美，七秩图强壮丽章。
高铁风驰九州过，"嫦娥"探月凯歌刚。
芯片五G惊天宇，北斗导航惠五洋。
国富民强华夏愿，千秋伟业靓东方。

毛主席诞辰一百二十七周年感吟

东方旭日出韶冲，喜见神州碧宇红。

五卷鸿篇传革命，千秋伟业展雄风。

驱倭逐蒋民心愿，抗美援朝世意崇。

不忘初心除腐恶，中华屹立傲苍穹。

建党百年颂

启动红船整百年，炎黄史册谱新篇。

镰锤高举开新宇，意志聚凝破旧天。

铁马雄师驱外寇，金戈劲旅灭狼烟。

初心不改为民利，科技潮头奋勇先。

庆祝建党一百周年（古风）

北李南陈立党初，传承马列道崎岖。
中华志士复兴梦，坚守初心鼓又呼。
伟业多艰民奋起，前行砥砺起宏图。
如今国富军强壮，屹立东方世界殊。

咏"八一"建军节

八一南昌第一枪，军旗猎猎九州扬。
步枪小米驱倭寇，铁骨雄狮逐蒋帮。
抗美援朝英烈志，豺狼强盗美欧狂。
和平守望边疆固，万里征程华夏昌。

破阵子·抗洪抢险有感

大水无情侵害，
三军将士称雄。
接转灾民无数计，
挡水修堤第一功。
人间沐暖风。

抢险消灾与共，
军民鱼水情浓。
劳累苦辛为百姓，
父老乡亲赞且崇。
骄阳映碧空。

定风波·2020 年国庆感怀

反腐扶贫党引程，
狮威虎气政和清。
国富军强民乐业，
欢悦！
千秋伟绩颂精英。

不改初心坚似铁，
豪杰！
神舟北斗①五洲情。
铁血悲歌民族梦，
堪颂，
红旗飘处壮歌行！

---

① 神舟，指神舟飞船。北斗，指北斗卫星。

十六字令·建党百年颂（三首）

天，先辈南湖立党贤。
红船启，革命换坤乾。

天，百岁沧桑唱大千。
寻真理，永铸领航篇。

天，十秩春秋好梦圆。
为民众，重任压双肩。

临江仙·新中国成立七十二周年

五卷雄文燃圣火，
中华傲立苍穹。
人民做主赤旗红。
江山永固，
万世太平风。

七十二年兴国路，
文韬武略丰功。
驱倭逐蒋霸难容。
民强国富，
砥砺践初衷。

西江月·痛悼民族脊梁袁隆平

科技巨星惊陨，
国人个个悲伤。
杂交水稻裕民粮。
袁老终生守望。

五谷万民之命，
功勋盖世恒昌。
童贞一梦五洲扬。
名讳丰碑镌上。

贺"神舟十三"英雄凯旋

宇航三杰驻蓝天，半载苍穹奥秘研。
揽星摘月惊玉帝，扶风折桂乐神仙。
银河做客呈宏愿，故里回归奏凯旋。
史册新添霄九页，航天强国梦欢圆。

喜迎二十大

百年大党立初心，热血头颅奉予民。
聚力凝心穷馁灭，国强民富裕康临。
喜迎廿大蓝图展，勇作担当禹甸春。
第二百年新步伐，复兴华夏梦成真。

鹧鸪天·党旗颂

盛会金秋华夏雄，
灿星北斗仰苍穹。
共谋国策孚民望，
砥砺征途攀峻峰。

迎骇浪，逐瘟凶，
鼎新烈火正熊熊。
党旗指引兴邦路，
一路初心旭日东。

览　胜　篇

人都有老的时候，这是大自然的规律。我想为党为人民工作更长的时间，但是，我还是到了退休的年龄。退休了，我得找一件事情钻进去，使老年时光不至于被荒废。我决定去学摄影，立志要用我的双腿走遍山山水水，用相机赏遍名山大川，读遍我美丽富饶的祖国。

　　从 2006 年开始，我成为摄影大军的一员。我跟着老年大学的摄影采风队伍，走遍大江南北、大河上下，用镜头摄下了祖国的美丽风光和人文趣事。摄影丰富了我的人生。当我走过山川、河流、大漠、草原的时候，我发现大自然是那么美，祖国的山河是那么美，我周围的人和事也是那么美。我的心灵被深深地震撼！我除了用相机拍下祖国美丽的风光，还用笔写下了我内心激动的诗篇。

观壶口瀑布（通韵）

惊涛骇浪震天尊，瀑布凌空势万钧。
吞玉喷珠风挈雨，流光溢彩雾牵云。
奔腾咆哮中华景，奋发昂扬民众魂。
更有一轮朝日现，虹光闪耀瑞祥临。

漓江[①]一日游

漓江澄净绿波漻，船压云天笑语骄。
矗立奇峰若天柱，萦回碧水似绫绡。
杨堤翠竹风光秀，九马画山神骏骁。
最是令人情动处，桃花源里乐逍遥。

---

① 漓江水以清澈见底名扬天下，岸边山峰拔地而起，直立如柱。岸上的凤尾竹是根据周总理的指示栽的。"九马画山"是漓江上的一大奇观。"桃花源"为漓江上游一处如同陶渊明《桃花源记》中所写的世外桃源。

登小孤山①（新韵）

青峰飞落大江汀，树木苍茫百草菁。
浪涌千层龙舞爪，云飘万朵凤开屏。
诗词夹道藏玑玉，钟磬声清颂泰宁。
绝顶登攀心远大，开怀放眼九州明。

赞南京梅花山

梅花山上梅千树，铁干横斜傲雪开。
姹紫嫣红蜂慢舞，清香雅韵蝶徐徊。
蕊繁因在冰心抱，萼艳全因凛剑裁。
素影一枝春信息，千花万卉笑盈腮。

---

① 小孤山，又名小姑山。

石潭春景（通韵）

芳菲三月石潭春，蕊绽芸薹遍地金。
李杏争妍桃灿烂，榆杨斗绿草缤纷。
衔泥紫燕寻情旧，采蜜狂蜂逐梦新。
和煦东风春不老，云涛卉海醉游人。

新安江"十里画廊"赞[①]（通韵）

十里新安碧浪粼，奇山异水各殊新。
野花烂漫沿江艳，油菜芬芳夹岸金。
千仞悬泉幽谷落，三雕瑰宝古风存。
轻舟逐日云根处，如醉如痴赏画人。

---

① "十里画廊"是新安江的一段，两岸山色青翠秀丽，江水清澈碧绿。而在山水之间还分布着许多名胜古迹。因景色如画，被称为"十里画廊"。

43

春游扬州瘦西湖

清澄窈窕瘦西湖，秀色天然似画图。

白塔晴云撩碧水，长堤春柳拂红芙。

五亭栏外桃花艳，二四桥边箫韵殊①。

忘返流连春烂漫，神州璀璨一明珠。

张掖七彩丹霞

我爱丹霞数载思，终能冒暑赏岩奇。

黄橙紫褐渥丹色，叠嶂层峦虹彩姿。

万座峰崖顽石艳，千般景幻客人怡。

何须懊恼奔波苦，放眼满山唐宋诗！

---

① "白塔晴云""长堤春柳""五亭桥""二十四桥"均为瘦西湖景点。"箫韵殊"是说杜牧《寄扬州韩绰判官》诗有"二十四桥明月夜，玉人何处教吹箫"句。

兴化千垛油菜花 （通韵）

为采春光兴化临，垛田①千亩尽黄金。
谁将锦缎铺腴野，竟引芬芳醉客人。
绚丽缤纷蜂恋蜜，蓝天碧水燕迷云。
文人妙笔描新景，勿忘菜油香且醇。

过芜湖长江大桥 （通韵）

奔腾浩荡入青云，鸥鹭低飞不染尘。
天堑千秋涛啸吼，渡轮万代浪惊心。
劈波开路虹桥架，跨水通衢坦道存。
共筑康庄华夏梦，安全快速满江春。

---

① "垛田"是兴化一种独特的农田地貌，勤劳智慧的兴化
人民在湖荡沼泽地带，开挖网状深沟，以小河的泥土一方一方堆
积如垛，成为可以耕作的垛田。

45

摄影采风绩溪龙川村

春雨江南景色娆，青山如嶂水迢迢。
地灵人杰船形地，凤道龙街虹彩桥。
胡氏宗祠藏古韵，中华绝技有三雕。
名村代有能人出，今日龙川分外娇。

秋游坝上草原[①]

坝上草原秋色浓，云飘天湛水淙淙。
层林尽染山呈彩，骏马奔腾力竞龙。
白桦整齐姿挺拔，群羊自在草腴丰。
将军泡子风光秀，蒙古包中主客逢。

---

① 坝上草原，这里是指张北坝上草原。

观麻城龟峰山杜鹃花海

山势嵯峨溪水流，原生古树峰更幽。
春风玉露催琼蕊，花海花洋①靓眼眸。
五彩满山诗意闹，千红万紫韵泉悠。
蝶蜂莺燕流连处，美景怡人画里游。

观图神游贵州小七孔景区

七窍灵通有拱桥，红描绿染百花娇。
青藤自古能缠树，怪石从来是雅雕。
苗寨山川仙境美，凌空瀑布响声遥。
神游黔贵艰难历，其景未临亦艳娆。

---

① 龟峰山的杜鹃遍山皆是，小一点的一块叫"花海"，大的从山顶到山脚一眼望不到边，叫"花洋"。

九门口长城（通韵）

桥城一座九重门，万里长城嵌水魂①。
宏伟壮观珠玉灿，攻城夺隘地天昏。
雄关漫道江山固，叠翠群峰国土春。
历史兴衰新替旧，丰碑屹立记人民。

天津天塔

天津广电入红霞，海内高为第四家。
连接新闻全世界，传播信息满天涯。
水中之塔观长剑，脚下旋云赏日华。
穿越时空霄壤恋，风清气朗绽心花。

---

① 嵌水魂，是说九门口长城是中国万里长城中唯一的一段水上长城。

题平遥县衙

平遥古县自光芒，完好保存联对彰。
今演戏台官断案，"亲民堂"内有规章。

圆明园之殇

断垣残壁诉园殇，英法豪强纵火光。
奇宝异珍全抢掠，瑶台蓬岛尽荒凉。
冲天有怒国民志，雪耻扬威子弟刚。
切记穷羸遭虐躏，复兴崛起射天狼。

滁州小岗村

地处滁州小岗村，齐心改革铸灵魂。

为求温饱甘前卒，勇作担当启后昆。

十八村民红手印，凤阳花鼓自严尊。

当歌更有风流种，沈浩精神青史存。

咏　浮　山

枞阳胜景美天然，石刻摩崖最靓妍。

峭壁临空浮碧水，湖波环嶂映峰巅。

藏幽洞壑蓬莱境，沉睡火山云外天。

三教①闻名清净永，文人墨客赠佳篇。

---

① 　三教，指儒、佛、道。

咏振风塔

巍巍古塔八方迎，佛语铃音动客情。

以振文风多雅士，改革教育出精英。

横江塔影航程指，极目波澜百舸争。

最是宜城灵秀地，黄梅徽剧美扬名。

【正宫·塞鸿秋】雾云山茶海

雾云茶海山披雾，

茶香万里人频顾。

层层垄垄春茶树，

山巅富氧茶飞誉。

翠岚凝玉莹，

紫蝶追蜂趣。

茶农游客倾情处。

鹧鸪天·天山天池^①

炎暑天山景更奇，
风斜雨细雪山低。
云腾雾绕迎宾客，
水绿波清漾碧池。

伤别易，
恨欢迟，
穆王西母^②两依依。
人间爱恨寻常事，
仙界情浓亦若痴？

---

① 天池：古称瑶池。
② 穆王西母：指周穆王与西王母在瑶池相会的爱情故事。

蝶恋花 · 丽水瓯江

丽水瓯江生态好，
绿水青山，
相傍相环绕。
撒网渔民身手巧，
清波慢橹云烟袅。

旖旎风光东已晓，
似火朝暾，
唤醒枝头鸟。
空气新鲜晨露少，
岸边杏蕾争春早。

水调歌头 · 云和梯田

昨赏浙江水，
今看美梯田。
层层叠叠如链，
银带舞空前。
春早云遮雾盖，
一片茫茫大海，
慢慢露山巅。
原野渐清晰，
红日碧空悬。

至盛夏，
绿浪滚，
稻花妍。
秋来座座金塔，
殷实乐无边。
更有丰年雪兆，

白玉环环雕砌，
素裹境如仙。
九曲云环地，
锦绣驻人间。

水调歌头 · 月牙泉与鸣沙山

漫步绿波岸，照影月牙泉。

汪汪一碧涟漪，

相衬蔚蓝天。

柔浪招摇灵气，

透澈澄明潋滟，

千载送甘涓。

传说素娥泪，

思羿落沙田。[①]

鸣沙山，

美景最，

在峰巅。

沙鸣足踏流泻，

丘壑卧连绵。

---

① 素娥，即嫦娥。羿，即后羿，嫦娥的丈夫。李商隐有诗
感叹嫦娥："嫦娥应悔偷灵药，碧海青天夜夜心。"

大漠清泉相伴，
尽显自然风味，
造化巧机缘。
千古游人醉，
奇景在人间！

鹧鸪天·观麻城龟峰山杜鹃花海

四月芳菲百卉鲜，
杜鹃怒放在峰巅。
百年古树花繁茂，
千载奇葩蕊绚妍。

丫竞叠，
树捱肩，
花洋花海亮山前。
红流滚滚连天际，
俏妹依春摄靓颜。

鹧鸪天·春日观雾云山梯田

繁衍生息忆祖先，
崇山峻岭垒梯田。
高低错落精雕卷，
层叠勾连锦画篇。

山静秀，
径蜿蜒，
纵横沟壑雾连绵。
铁牛耕作农家乐，
耙月犁云醉墨仙。

鹧鸪天·十八潭大峡谷

游客心怡十八潭，
悠悠碧水九连环。
溪流峡谷千花溅，
瀑击悬崖万壑喧。

惊峭壁，
揽云烟，
松风竹影映蓝天。
漫山乌桕燃红叶，
共写神州秋韵篇。

浣溪沙·五一郊游

独步田畴麦未黄，
菜花结籽绿梳妆。
三春已去夏登场。

孕蕊池荷飞玉蝶，
垂钩渔叟钓斜阳。
神怡心旷物华香。

浣溪沙·合肥植物园观荷

杨柳和风植物园，
碧池曲岸藕莲鲜。
招摇菡萏绿波间。

黄蕊红荷蜂蝶绕，
清波翠叶浪纹连。
船移棹动鹭翩跹。

鹧鸪天·新疆贾登峪

喀纳斯湖秋色丰，
千姿百态在途中。
贾登峪景如仙境，
木屋毡房似月宫。

花蝶恋，
桦枫红，
松涛唱晚涧淙淙。
草青水美牛羊壮，
天湛云飘飞雁鸿。

鹧鸪天·塔川①秋色

太子离宫仙境游，
粉墙黛瓦塔川留。
松声万壑层林染，
紫气满村七彩柔。

乌柏艳，
古枫遒，
层层金浪稻粱稠。
参天五树传徽韵，
似画如诗好个秋。

---

① 塔川，创建于北宋天圣年间，是吴氏聚居地。村中的吴姓村民为吴国被流放的新太子吴鸿之后。这里的太子，即指吴鸿。

蝶恋花·登华山

呼友邀朋西岳到。
花甲之年，
走遍华山道。
矗立南峰雄险峭，
龙盘虎踞祥云缈。

《智取华山》难忘掉。
绝壁凌空，
"鹞子翻身"① 妙。
极顶回眸低远眺，
滔滔黄、渭②如丝绕。

---

① "鹞子翻身"，是华山著名险道之一，其路凿于倒坎悬崖上，下视唯见寒索垂于凌空，不见路径。游人至此，须面壁挽索，以脚尖探索石窝，交替而下，其中几步须如鹰鹞一般左右翻转，身体才可通过。

② 黄、渭，指黄河、渭水。

浪淘沙·李中水上森林公园

水上沐春阳，
杉树飘香。
高梢万鸟聚天堂。
栈道弯弯来贵客，
一任徜徉。

港汊树成行，
氧气轻扬。
林间漫步自清凉。
二月蓝花①开岸畔，
鸥鹭翱翔。

---

① 二月蓝花，是指蓝色的二月兰这种花。

66

浪淘沙·湖北大悟赏秋光

大悟赏秋光，
棉白禾黄。
梧桐枫叶染寒霜。
百态千姿乌桕俏，
似火红装。

溪涧水流长，
瀑击崖旁。
石榴红柿艳村庄。
野墅深幽田景美，
富庶之乡。

诉衷情·郎溪县姚村春游

玉兰绿柳暮春游，
谷雨百花稠。
姚村美如画，
桃李杏、竞风流。

观胜景，
赏遥山，
水悠悠。
杜鹃争艳，
紫燕欢讴。
别有千秋。

鹧鸪天·游采石矶怀李白

雄踞钢城采石矶，
诗仙到此壮才思。
悬崖绝壁云峰秀，
突兀凌空峻岭姿。

心旷达，
志难移，
青莲雅韵折高枝。
文思诗兴谁堪比？
捉月传言粹美凄。

咏物抒怀篇

　　岁月轮回，风霜雨雪，万事万物，这些都是我们写诗的素材。有这样一首诗："春有百花秋有月，夏有凉风冬有雪。若无闲事挂心头，便是人间好时节。"人生于天地之间，身经万事万物，每一件事都能启迪我们的心智，每一次变化都激荡着我们的心灵。

　　我知道，美丽的风景藏在大自然的四季中，藏在天上人间，藏在我的心底，封存在我的记忆里。我喜欢描写大自然的美好，抒发我对大自然的无尽热爱。我用我的真情拥抱大自然，用我的诗句赞颂大自然的美丽。

　　我也知道，生命需要精彩，精彩燃烧出生命的辉煌。生活在社会中，我对各种事物都喜欢了解和思考，都投入了我的真情。我用我的笔记下社会中美的人和美的事。我珍惜记忆中的美好，将美好写成诗珍藏。

　　时光静好，细水流年。不经意间我老了。我云淡风轻、坦然面对岁月的馈赠，将我对老的感受也写进诗词中。

荷　　塘

仙姿窈窕沐骄阳，菡萏含羞溢淡香。
出浴芙蓉撑碧伞，梳风垂柳钓荷塘。

荷（通韵）

玉立亭亭菡萏娇，藕莲香溢绿波涛。
淤泥不染清廉品，气度卓然一俊豪。

红 辣 椒

人世从来杂味陈，酸甜苦辣又咸辛。
红椒热烈能开胃，食欲增强更健身。

秋花（通韵）

一株楼下桂花孤，久闭心园意乱芜。
幸有四周空阔地，移来菊蕊亦馨舒。

咏雪诗（三首）

一（新韵十四韵）

飘飘六出舞长空，满树琼枝遍野风。
独见孤梅摇倩影，暗香浮动艳芳浓。

二（通韵）

玉蝶纷飞遍地银，山冈万树变琼林。
一元伊始新承旧，梅蕊寒风叩拜春。

三（通韵）

玉龙飘舞美倾城，疏影婆娑冷画屏。
素裹银装知旷远，寻梅踏雪觅诗情。

摄玉蝶（通韵）

东风荡漾漫柔吹，艳艳春花绽露晖。
玉蝶轻亲芳蕊上，清姿妩媚未思飞。

为《骏马奔腾》题照

绿草红花跑马场，斜阳似火照松杨。
烟尘骤起蹄声急，骏马腾空鹞隼翔。

2020 年春雪

温度断崖春雪飘，寒风卷瑞任逍遥。
未临惊蛰炸雷响，火将雷神灭孽妖！

咏向日葵

落籽田畴并土冈，嫩苗油润沐春光。
三秋秀出花金色，不改忠贞永向阳。

咏　　松

奇花六角漫天飞，万木枯凋朔气威。
独有苍松迎凛冽，孤高永翠接春归。

立　　春

残冬踏破沐春光，盛绽红梅送暗香。
湖岸柳绦初点绿，阳坡树色已更装。
汉唐丽句清幽永，李杜骚坛韵雅芳。
首首诗词歌锦绣，迎牛逐鼠读华章。

春雨（三首）

一

东风化雨催新绿，似线如丝润物华。
紫燕斜飞寻旧垒，桃花笑绽满天涯。

二

昨夜惊雷动地空，如酥好雨涤芳丛。
麦苗霖润千畦嫩，桃蕊风催万朵红。
油菜铺金飞阵蝶，绿杨临水落双鸿。
人间留得春常在，无限韶光惬意中。

三

一片春荣好雨浇，东君抚柳绿丝摇。
山川百媚烟花秀，草木千姿嫩叶娇。
冬麦油油翻碧浪，芸薹灿灿荡金涛。
黄莺紫燕农耕畴，细作精耘五谷饶。

自强自立乐延年

平生潇洒走人间，九六高龄亦等闲。

绝技在身群赞赏，耕耘收获一身担。

亲为亲力食摊摆，戴月披星勤俭贤。

奉献热情呈美味，自强自立乐延年。

游校园① （通韵）

校门真气派，金字映晨曦。

大道展平阔，高楼接彩霓。

教师研教学，学子爱真知。

佳木良才育，初心永不移。

---

① 校园，指巢湖学院的校园。

冬　景

多情六出夜飞扬，卷瑞寒风凛冽狂。
陌野田畴封白玉，南山北岭裹银装。
青松昂首迎冰立，翠竹虚怀抱雪苍。
更有蜡梅金蕊灿，严冬尽处沐春光。

蜡　梅

何处飘来浓烈香？蜡梅妍放假山旁。
金花灿靓添佳景，朔气凝寒送吉祥。
绝俗孤高情致雅，神清骨秀韵悠长。
寒酥冷蕊双相会，辛丑安康谱锦章。

梅雪争春

银粟①纷飞凛冽奇，暗香苞绽趁芳时。
银装素裹山川净，疏影清香金玉姿。
梅雪争春敲雅韵，东风化雨润新诗。
丰年乐业民安泰，百卉迎春四海怡。

咏白玉兰（通韵）

细雨和风万物欣，李桃迟绽玉兰春。
琼衣有价凝霜冷，素意无尘嵌雪魂。
却见玲珑羞妩媚，故将馥郁出娇芬。
蝶蜂吻蕊惊优雅，学子文人靓韵吟。

---

① 银粟，雪的别称。

赞 睡 莲

亭亭玉立水中央，一任清廉载誉扬。
倩影婆娑花叶映，波涛潋滟蕊莲香。
红姣朵朵流诗韵，白鹭双双戏艳阳。
不染淤泥君子品，清纯净洁一华章。

咏荷（通韵）

春花谢尽夏荷红，一样赏心凌碧空。
根柢愿将栽净水，淤泥不染俏玲珑。
凌波①绿伞仙人态，玉笋②冰魂处子容。
菡萏③含香娇若语，芙蕖灼灼艳阳中。

---

① 凌波，指荷花栽种在水中。
② 玉笋，即藕。
③ 菡萏，荷花的别称。此处指荷花苞。

壬寅仲夏

壬寅仲夏热难当，持续高温盼静凉。

暑浪蝶蜂羞赤日，炎风莺燕避斜阳。

插禾收麦农夫累，筑路建房工匠忙。

火伞高张观万象，文人挥墨赋新章。

中　秋　月

飘香桂子又霜天，佳节中秋皓月悬。

靓影清辉今与共，阴晴圆缺古难全。

嫦娥寂寞遗长恨，玉兔伶仃爱世缘。

淡荡秋光粮果熟，冰轮曼转庆丰年。

竹

校园绿玉美倾城①，百鸟安栖相对鸣。

击地春雷新笋出，擎云翠盖爽风生。

虚心潇碧②怀高节，刚毅青筠透雅情。

素竹摇风飞靓彩，犹闻玉笛送娇声。

观　菊

傲寒独放抱香枝，百卉凋残菊到迟。

绛紫金边鸡爪曲，粉红碎瓣绣球丝。

绿黄攒蕊颜柔艳，嫩白新鲜骨瘦奇。

绽雪凌霜香韵远，清真冷艳满东篱。

---

① 校园，指巢湖学院的校园。绿玉，竹子的别称。
② 潇碧，竹子的别称。

君子兰（通韵）

蕙质无瑕并蒂兰，风姿柔美自芳颜。

翠茎碧叶凌霜雪，银蕊红花斗美妍。

秀逸端庄呈典雅，清芬馥郁醉心田。

花中俊秀真君子，高雅谦和品性娴。

读曹禺剧作《雷雨》《日出》（通韵）

曹禺先生戏剧情，学生时代有名声。

嫉俗《雷雨》奇思巧，愤世《日出》结构精。

积累炎凉成巨著，博观世态悟人生。

篇篇剧作源生活，恩爱情仇铸性灵。

青玉案·春雨

东君昨日携春雨，
柳丝舞，
雷惊宇。
鸟语风声皆韵句。
杏桃花绽，
喜滋甘露，
绿树摇姿妩。

碧涛黄浪飞金渚，①
莺燕和鸣落梅去。
淅沥纷扬惊白鹭。
江清尘净，
湖山千古，
我欲春常驻。

---

① 黄浪、金渚，指油菜花一片金黄。

如梦令·梅雪迎春

疏影横斜风烈，
冷艳幽香琼雪。
馨蕊抱晶莹，
清逸俏姿冰冽。
寒彻！寒彻！
梅雪共迎春切。

菩萨蛮 · 咏梅

清香雅韵游人织，
寒心①繁蕊新枝碧。
银粟压花头，
细风如冽流。

斗寒梅玉立，
白紫黄橙赤。
瑞雪润田畴，
百花舒眼眸！

①　寒心，梅的别称。

西江月·纳凉

春去夏来烦躁，
天低云厚风闲。
亭亭玉竹立窗前。
热浪惊飞紫燕。

遥看峰峦云立，
近听树顶鸣蝉。
一声霹雳雨霄间，
暑气风吹尽散。

阮郎归·津门春雪

　　今年天气倒春寒，春暖花开的日子，北方，如天津，突然大雪飘飘。诗友给我发来春天的雪景，我很担心油菜、水果减产，颇有感慨，于是填词一首。

烟花三月暖风吹，
红娇笑翠微。
李桃苞绽竞芳菲，
沐阳万物辉。

飞玉蝶，
驾琼妃，
寒凝春雪威。
冰雕百卉赤颜摧，
枝头布谷啼。

长相思·早春

柳鹅黄，
草鹅黄。
二月巢湖碧浪扬，
春游赏景忙。

喜春阳，
沐春阳。
经雪梅花送暗香，
枝头归燕双。

浣溪沙·春日漫步

和煦春风四海同，
山冈碧野见桃红。
斑鸠声脆绿荫中。

彩蝶寻馨樟树上，
蜜蜂吻蕊菜花丛。
芳菲满目步从容。

浣溪沙 · 迎春花

一夜东风细雨陪，
金黄满陌接春晖。
清香不退久徘徊。

妩态妍姿群卉领，
飞红走翠百花葳。
阳光明媚乐心扉。

浣溪沙·春分

时令春分柳色明，
桃苞杏蕊草青青。
松筠叠翠立苍鹰。

碧水清波流峡谷，
黄鹂紫燕唱春耕。
白云朵朵绕风筝。

浣溪沙 · 赏桃花

胜日春游石涧乡，
桃花灼灼满平冈。
山前岭后客观光。

小伙倾情玩摄影，
姑娘着意秀娇妆。
丰收在望硕果香。

鹧鸪天·桃花

一片彤云阳谷中，
桃花似锦染苍穹。
日熏雨沁仙姿俏，
影媚霞妍玉蕊红。

仪窈窕，
色鲜浓，
春光无限笑东风。
何当结实为民利，
寄意年年硕果丰。

一剪梅·春游龟山公园

寻景龟山春更豪。
次第花开，
百卉妖娆。
梨如白雪杏红绡。
油菜金涛，
桃蕊夭夭。

最是湖堤杨柳绦。
芽长丝飘，
蝶舞枝梢。
柔风轻拂鸟声娇。
瘦竹摇摇，
湖水滔滔。

西江月·我家楼下小花园

枯草抽芽寒在，
东风催蕊馨窗。
红梅绽放蝶蜂狂，
桃李芬菲春漾。

隔水假山难近，
新荷菡萏争芳。
三秋桂子送幽香，
四季花开心旷。

清平乐 · 蝉

夏晨热燥，
树顶蝉鸣闹。
露饱风栖藏体貌，
合唱长声柔调。

草丛蛙鼓频敲，
惊飞云雀冲霄。
蝉噪香樟摇曳，
轻雷细雨飘飘。

鹧鸪天·石榴吟

万树春来绿竞葱，
榴花五月遍山红。
阳光雨露燃如火，
锦簇花团艳似枫。

红玛瑙，
紫玲珑，①
炎风暑热果尤丰。
酿醪食子酸甜味，
口福中秋明月中。

---

① 红玛瑙、紫玲珑，指石榴子。

鹧鸪天 · 立秋

桂魄初生暑去威，
新凉一枕惬心扉。
满篱绽菊清香远，
一叶知秋细雨霏。

山色艳，
鹭翔飞，
丰收在望稻粱肥。
微风待奏金秋曲，
云影天光醉落晖。

浣溪沙·秋夜

缺月梧桐气韵清，
无眠长夜近三更。
秋窗疏竹草虫鸣。

微起爽风云黯月，
轻飘落叶鸟啼惊。
如歌岁月总关情。

采桑子·赏秋霜

西风淡荡敲秋韵，
荷稻飘香。
菊桂金黄，
乌柏红枫万里霜。

枝头硕果朝阳映，
松竹青苍。
鸿雁高翔，
水阔山高四海昌。

西江月·咏小草

千里青青芳草，
天涯海角荣昌。
高原山陌换新装，
嫩绿春风堪赏。

碧色清芬欣目，
疾风劲草留芳。
不争百尺并馨香，
装点神州心畅。

浣溪沙·立冬

暑夏连秋丹桂迟，
浓香不退展娇姿。
潇潇寒雨换冬衣。

菊老东篱留绮梦，
荷残南浦断枯枝。
丰登五谷入仓时。

鹧鸪天 · 落叶

一夜风狂朔气寒，
敲窗冷雨慰孤单。
披金银杏飞黄叶，
衣火丹枫落赤颜。

秋已暮，
雁翔翩，
随风柳絮尽苍残。
梧桐摇曳枝疏简，
梅雪争春更绿妍。

鹧鸪天·西苑广场

湖漾清波水送凉，
广场西苑不寻常。
清晨霞曙拳姿练，
暮晚霓虹舞步狂。

迎旭日，
颂华章，
老歌旧曲唱新腔。
壮青翁媪人人笑，
其乐融融赞小康。

鹧鸪天·栖霞红叶

瑟瑟西风又暮秋，
栖霞观景色若流。
丹霞乌桕燃如火，
翠柏苍松涛似讴。

山靓彩，
谷深幽，
层林尽染艳阳柔。
归鸿阵阵经行处，
一片"枫"情醉不休。

鹧鸪天·观明代画家仇英传世画作
《汉宫春晓图》

绿柳晨烟汉室春,
亭台水阁碧波粼。
轻敷淡染妃娥态,
重彩精描嫔后神。

闻鼓乐,
赏棋琴,
忙闲宦侍各舒辛。
画师成像昭君样,
服饰犹如杨太真。

潇洒人生度夕阳

老朽闲暇走四方，采风览胜景无疆。
黄山雁荡多奇险，金顶九华呈佛光。
坝上草原秋色艳，泰山极顶旭光祥。
吟诗摄影寻怡趣，潇洒人生度夕阳。

七十晋五书怀（新韵）

延年松鹤沐东风，愉悦心情岁月中。
难再青春怀激烈，且欣豪气荡心胸。
白驹过隙人生短，岁月无痕夕照红。
老骥不辞行万里，年高七五亦从容。

暮年书怀（三首）

暮年诗怀

华发频生鬓有丝，诗山放牧未为迟。
唐风宋雨心中醉，秋色春光笔底怡。
淡泊利名人不躁，常敲平仄脑无痴。
古稀耄耋谁言老，遥看斜阳正好时。

快乐晚年

年将耄耋欲何求？两鬓如霜意自悠。
朝沐晨辉吟古韵，夕观电视阅全球。
雅翁文媪诗词和，秋月春风笔墨酬。
如画江山歌盛世，此心归静乐无愁。

学诗（通韵）

乐背诗书唐宋崇，闲来平仄写情衷。
遣词造句勤思苦，斟韵谋篇练脑聪。
放牧诗田心惬意，入眸林鸟笔留踪。
光阴荏苒冰心在，耄耋讴歌翰海中。

2022年冬第一场雪

夜来酣睡不知天，晨启窗扉玉蝶翩。
众鸟宿檐歌杳寂，萝藤绕架叶枯悬。
山峦原野银装裹，月桂疏香碧蕊妍。
料峭严寒天地净，冰魂玉骨雅诗篇。

2022 年元旦抒怀

新年焕彩笑天涯，紫气微微孕草芽。
万象更新传喜讯，一元伊始绽春华。
天开新岁太空美，地载康庄沃野嘉。
岁序寅年新景绘，神州乐土万民家。

2022 年春节

张灯结彩乐黎民，物换星移万象新。
绽放红梅辉野廓，飘飞白雪庆寅春。
文人墨客留佳句，竹韵松声唱岁辛。
喜看山河呈靓彩，寅年祥瑞九州亲。

八声甘州·端午节遐想

又民间五五闹端阳，
佳节粽飘香。
看龙舟竞渡，
榴花鲜艳，
艾蒲争芳。
屈子冤魂众祭，
遗俗振荆乡。
人世君臣事，
后辈评详！

堪笑怀王昏聩，
畏直言逆耳，
遗臭华邦。
叹忠臣被逐，
身殒国倾亡。
赞灵均，

为民含恨，
《楚辞》留，千古美华章。
贤明万载英灵在，
青史名扬！

鹊桥仙·七夕愿

金风送爽，
彩云绕月，
银汉滔滔不灭。
牛郎织女两相逢，
更留下情真意切。

爱如磐石，
心如润玉，
长架虹桥不撤。
恳祈王母敛威严，
共白首终生勿别。

浪淘沙·为孙子高考加油

十载坐寒窗，
苦读华章。
蟾宫折桂志如钢。
汗水耕耘何足畏？
奋发昂扬！

应试莫彷徨，
自信恒昌。
贯通融会莫心慌。
为国胸怀梁栋愿，
展翅翱翔！

水调歌头·中秋月夜情思

三五月明照，
玉兔正高悬。
人间天上佳节，
举世共婵娟。
银杏梧桐落叶，
秋菊红枫鲜艳，
骨肉意缠绵。
溪水唱新曲，
丹桂又经年。

稻菽香，
金瓯固，
夜无眠。
山河似锦，
清平时代乐尧天。
同祖同根同国，

尽赏中秋月夜，

两岸几时圆？

遥感亲人近，

心际梦魂牵。

浪淘沙令 · 闲愁

岁月去悠悠，

转瞬鬓秋。

蟾宫折桂已东流。

人老年高差智力，

养老闲愁。

壮志未全休，

诗韵常搜。

人生老态莫烦忧。

心有追求多学习，

一切从头。

临江仙·2022年春节感怀

大道轮回听虎啸，
星移物换迎春。
红梅昂首笑冬云。
纷纷飞白雪，
寒冽亦丰囷。

喜看城乡祥瑞景，
农家腊味香醇。
花茶诗酒慰年辛。
九州同庆岁，
禹甸一家亲。

虞美人·元宵节

往年元夜花灯俏,
万户千家笑。
观灯达旦乐陶陶,
虎跃龙腾年少激情豪。

而今十五元宵闹,
瑞雪丰年兆。
诗词联赋幕屏骄,
宋韵唐风诗界竞妖娆。

鹧鸪天·元宵节

瑞雪清寒碧宇新，
又逢元夕庆寅春。
亲朋好友团圆乐，
父母儿孙骨肉亲。

观奥运，
待芳宾，
手机电视阅风云。
五洲健将京城聚，
夺冠升旗分外珍。

浣溪沙·元宵节

刚过新年元夕来，
看灯听曲笑颜开，
有才孙女字谜猜。

智慧机灵频得奖，
娇憨兴奋屡红腮。
开心自信乐盈怀。

临江仙·夏风荷韵

谢尽春花荷绽蕊，
亭亭玉立芙蓉。
柔姿粉嫩态尤丰。
夏风吹浪蝶，
布谷唱桥东。

翠叶衔波天映碧，
新苞摇曳腮红。
蛙敲小鼓柳荫浓。
沁心香气醉，
神韵水交融。

踏莎行·银杏叶落

霜降天寒，
山披薄雾，
风摇银杏深秋顾。
凋零落叶送明黄，
仙姿曼妙婆娑雨。

倩影蹁跹，
情融沃土，
清纯金蝶离枝去。
化泥伴树韵犹丰，
诗魂缱绻春容妩。

2023 年春节有怀

曲折人生寂寞诗，卓然独立至情思。

春观雪化肥新草，秋叹叶枯悬老枝。

岁月沧桑松更翠，人生风雨志难移。

暗香摇曳卯年庆，佳节欢腾祝吉祺。

立春（通韵）

新年来到乐陶陶，又遇立春寒雪凋。

暖日喜迎田野绿，红梅礼让柳丝飘。

桥边似漾修篁影，岭上如潮翠柏涛。

癸卯欣逢新岁月，人间雨顺共风调。

早春环巢湖

大湖澄澈水如天，送暖东风浪自涓。
小草岸边呈绿意，杨柳丝上点春烟。
欢声笑语观光处，紫燕银鸥游客前。
怒放心花诗画境，民安国泰乐翩跹。

清明赏春

清明时节朔寒消，送暖东君抚柳绦。
杏沐春阳红靥启，桃迎澍雨赤唇娇。
麦波漾绿丰收景，菜浪摇金富裕桥。
忙坏花间蜂共蝶，引来莺燕戏歌潮。

清明后一天银屏观白牡丹

清明时节访仙葩，绰约冰姿立峭崖。
素蕊芳枝迎雅士，天香国色醉诗家。
娇容化韵情同咏，傲骨迎风气自华。
翁媪深山吟绝色，采来美景笔生花。

咏三瓜公社郁金香

年年高地郁金香，守信三春馨满冈。
天育万株迎雪雨，花开七彩动城乡。
寻幽雅士诗词咏，采景文人韵律忙。
美境身临心旷达，挥毫泼墨赋新章。

酬唱赠友篇

人的一生，不可能没有朋友；人的一辈子，不可能没有知己。感情丰富的诗人，对于友情格外重视。于是，在交往的过程中，写诗互赠就成了一件雅事。诗友间的诗词唱和既交流了感情，增进了友谊，又切磋了技艺，提高了诗词写作水平。"海内存知己，天涯若比邻。"我有一批同声相应，同气相求的诗友。我们互赠互和，互相学习，共同提高。有的诗友博学多才，是我的诗词老师，我应好好向他们学习。我的诗词集里，有我喜爱的诗友们酬唱互赠的诗篇，也有我赠他们的诗篇。他们的诗词我终生珍藏！他们是我永远的朋友！

步韵敬和欧阳修先生《仙人洞看花》

幼处深山未见侯，少时最爱作春游。
携来百侣登亭阁，仰望仙葩喜逗留。
诚盼牡丹花五朵，丰收农户酒千瓯。
南巢感佩冰心献，根扎悬崖永不休。

附：欧阳修先生原玉

仙人洞看花

学书学剑未封侯，欲觅仙人作浪游。
野鹤倦飞为伴侣，岩花含笑足勾留。
饶他世态云千变，淡我尘心茶半瓯。
此是南巢招隐地，劳劳谁见一官休。

依韵敬和孙志国先生《退休生活一首》

风华梦醒一身轻，回首青春记历程。

高寿何须悲白发，童心应有喜康宁。

探幽猎险寻诗韵，即兴挥毫写善情。

野鹤闲云毋羡慕，山川满目夕照明。

附：孙志国先生原玉

退休生活一首

肩无重负一身轻，纸笔有情记历程。

奋斗青春今白发，夕阳无限照黄昏。

日寻战地楚河畔，夜论荧屏人事情。

欣得上苍留醒眼，是非评论两分明。

步韵和许洁华女士
《赴巢湖银屏山看牡丹已谢》

银屏滴翠袅轻岚，谷雨春浓赏牡丹。
枝叶卷舒摇峭壁，落英飘荡向危岩。
只因风雨日前急，致使仙株泪未干。
花谢岂愁花绽放，蓄芳呈艳再观看。

附：许洁华女士原玉

赴巢湖银屏山看牡丹已谢

攀岩过壑绕烟岚，欲赏银屏奇牡丹。
冶态方呈当峭壁，妖姿却敛向悬岩。
有情蜂蝶枝空转，无语瑶台泪已干。
零落云霞聚还散，愁容满载不能看。

步韵奉和秦志存先生
《赞巢湖市》（新韵）

修行七世驻南巢，洗耳卧牛春色娇。
湖水滔滔波作画，青山郁郁径为桥。
高楼鳞次民殷实，五谷丰登众自豪。
学子孜孜勤奋苦，为国奉献领风骚。

附：秦志存先生原玉

赞巢湖市

千秋不朽话南巢，古邑逢春分外娇。
绿拥卧牛天作画，香融洗耳玉为桥。
大湖逐浪宏图起，广厦摩云意气豪。
最喜小区听鸟语，安居颐养领风骚。

步韵奉和秦志存先生《弹指十年》

修身斋内计流光，过客匆匆路旅忙。

已过古稀何业绩？一肩桃李满头霜。

附：秦志存先生原玉

弹指十年

小斋无俚叹流光，十载奔波着甚忙。

一笑回眸何所得？秋风先送满头霜。

依韵和刘长儒先生
《忆江南·夜读金选唐诗六百感赋》

唐诗好，
对偶句成双。
敲仄推平呈靓韵，
深研领会欲癫狂。
律绝散浓香。

词韵妙，
大气写荣昌。
忧国忧民传万世，
爱家爱业记兴邦。
墨客笔流芳。

附：刘长儒先生原玉

忆江南·夜读金选唐诗六百感赋

江南阁，
寅读影成双。
舒卷推敲谁凑韵，
开灯参悟自添香。
吟就喜欢狂。

逢子夜，
肯眼借辰光。
才录诗文于网易，
又书行篆挂西墙。
常爱为诗忙。

依韵奉和《红楼梦》"顽石偈"

身为女辈欲争先，难得红尘去补天。
粉笔一支千滴汗，耕耘收获育新贤。

附：《红楼梦》顽石偈
无才可去补苍天，枉入红尘若许年。
此系身前身后事，倩谁记去作奇传？

赠张明高先生

文武双全一智翁，诗词联曲苦寒功。
自如舒卷多佳句，下笔有神情景融。

赠曹懿纯女士

白衣天使聚精英，救死扶伤赤子情。
老骥仍怀征战志，心牵民众救苍生。

赠丁厚凯先生

丁兄耄耋笔勤耕，联对诗词样样精。
丽句佳词音韵美，春花秋实更倾情。

赠宿松王春岚女士（通韵）

聪明睿智苦勤来，故里一施经世才。
清正廉明酬壮志，兵强国富系心怀。
公仆五任兴民利，造益四方无祸灾。
耳顺相逢豪气壮，诗文锦绣溢书斋。

赠摄影爱好者左纪凤女士（通韵）
（藏头诗）

左姐兼程技领先，纪元美作日频添。
凤飞玉宇酬心志，君莅城乡谱锦篇。
巧设光圈山欲语，勤调速度水生烟。
多帧杰品堪称秀，才艺超然美梦圆。

赠84级1班全体同学（通韵）

斗转星移三十年，悠然回首苦中甜。
百科勤觅成才俊，理想花开绽笑颜。
三尺讲台肝脑献，一腔心血桃李妍。
春耕秋获栋梁爱，甘作人梯助后贤。

赠刘长儒李瑞芳伉俪 （通韵）

名师传授媪翁春，学习真知飨美醇。
酌句斟词为圣手，推平敲仄是能臣。
诗词首首滋甘露，曲赋篇篇有魄魂。
比翼双飞贤伉俪，鞠躬欣赏步趋君。

祝程毓熙先生八十大寿 （通韵）
（藏头诗）

程门立雪脑聪勤，毓子添孙喜满门。
熙攘高朋陪左右，君临雅客赞当今。
生花妙笔描华夏，奉献珠玑论鼎新。
快意巢湖波变酒，乐迎耄耋作青春。

鹧鸪天·贺李立民老先生新书付梓

九秩儒翁翰墨情，
挥毫大作记平生。
纷忙岁月人难老，
追梦流光不辍耕。

人已暮，
业犹精，
华章丽句世留名。
参天古树花如锦，
雅韵馨风赞复兴。

一剪梅·春翁颂

——赠孙志国老先生

风雨兼程一雅翁，
最喜春华，
更惜秋风。
一帘幽梦五洲同。
情系人民，
爱在心中。

阅尽沧桑不老松，
联对诗词，
挥洒从容。
曲高众赏凯歌雄。
难忘誓言，
不改初衷。

鹧鸪天·贺张平老先生九十华诞

悦色和颜一寿星，
高龄九秩笔勤耕。
豪情似火描乡梓，
巨笔如椽赞复兴。

心不老，
志犹增，
诗翁挥墨颂精英。
丹心碧血灵魂铸，
后辈追随仰盛名。

省诗协主题笔会一百期贺吟

大湖飞浪诉诗行，一百微刊韵墨香。

秉笔俊才吟律绝，观光雅士唱沧桑。

风调雨顺情同咏，国泰民安酒共觞。

皖韵徽风歌盛世，泛舟翰海写华章。

贺安徽诗人之家四周年华诞

诗家八皖艺缤纷，同气相求四序春。

丽句生花风景媚，清词漱玉百花馨。

多才诗界豪情壮，妙笔文坛靓韵频。

绘水描山华夏咏，天涯共贺征程新。

怀　思　篇

我的先生是一个很优秀的人。他在学生时代成绩优秀，让我发自内心地崇拜。他走上工作岗位，工作认真踏实，成绩突出，几乎年年被评为优秀，好几次被评为省级优秀党务工作者。群众夸他是"说真话，干实事"的干部。他是单位群众选出来的纪委书记，一身正气，两袖清风。然而，刚正不阿的他曾经遭到贪腐者的挤对、冲击甚至打击报复，连家属子女也遭到了贪腐者的打骂……

　　我曾读过陈老总的一首诗："大雪压青松，青松挺且直。要知松高洁，待到雪化时。"反腐倡廉是我们党的重大决策。终于，那些猖狂的人都得到了应有的下场。然而，我的先生因一时难以想通，未待到雪化时，便因脑溢血英年早逝。我无法接受这个现实，正直善良的人们也无法接受这个事实。先生离开我的这些年，我痛不欲生。我明白了人世间最远的距离，不是天之涯地之角，而是生死相隔。他离开我的这些年，我没有其他的能力，只能每年在他的忌日，写一首诗或词祭奠他。这就正如鲁迅先生说的，是"为了忘却的纪念"！

天上人间（通韵）

夫君驾鹤仙宫去，冷落尘寰未逝人。
毕世清廉多奉献，终生勤勉见精神。
凌霄设宴迎新客，故土同悲送义魂。
俯瞰英灵亲友处，人间天上泪飞纷。

思夫君（通韵）

埋骨何须桑梓地，鼓山坡上柏松青。
百花荣谢春秋色，众鸟和鸣琴瑟声。
桂馥兰薰香逸远，林风竹韵气幽丰。
一方宝地夫安息，浴火涅槃家振兴。

梅蕊迎春又一年

与君离别已千日，梅蕊迎春又一年。
命运无常谁可拒？床头转侧不成眠。
凄凄寻梦留心语，月月登山化纸钱。
盼尔归来重聚首，敲窗问月几时圆？

卅年旧忆

与君携手赏西湖，美景怡情天下无。
曲院风荷香韵远，三潭印月水光殊。
苏堤留影芳心漾，柳浪闻莺鸳鸟凫。
转瞬卅年成旧忆，苍茫天地一鸿孤。

蝶恋花·十年泪

十载相思心已碎。
珠泪涟涟，
夜夜难成寐。
敬业终身常受累，
刚肠无欲贪官畏。

昔日花前人欲醉。
情定三生，
来世承缘未？
世事沧桑难尽意，
继君宏志心欣慰！

减字木兰花·君自豪

鼓山塔寺，
泪洒亲人安息地。
翠柏苍松，
活在世人敬爱中。

廉明一辈，
两袖清风心不累。
暮暮朝朝，
桃李夭夭君自豪。

满江红·魂高洁

玉树临风，阳刚韵，俊才人杰。

曾记否，一身廉气，毕生守拙。

红烛尽燃扶后学，

李桃呈艳求知切。

须雪化，看挺直青松，魂高洁！

贪官烈，频肆窃。

狼子欲，何时绝。

做中流砥柱，虎蝇须绝。

硕鼠惶惶因罪孽，

横眉凛凛除饕餮。

如今是，

记立党初心，民心悦！

清平乐·暑炎心累

暑炎心累，
总洒相思泪。
烈日当头人欲倦，
慵懒浑无滋味。

如今相隔阴阳，
叫人痛断肝肠。
已是古稀朽老，
诗词增彩时光！

鹧鸪天·中秋月

每至中秋玉兔圆，
人间天上月光连。
自君驾鹤灵霄去，
从此孤单伴泪眠。

魂寂寂，
梦牵牵，
诗词联赋有遗篇。
韶华千载终将尽，
过客芸芸皆亦然？

江城子·伤早逝

省城初见正年轻。
学优精,
待人诚。
翩翩风度,
卓识有清名。
为惜人才情切切,
相执手,
度终生。

献身教育笔勤耕。
踏征程,
育菁英。
呕心沥血,
尽瘁亦忠贞。
驾鹤西天伤早逝,
人尽憾,
遍悲声。

鹧鸪天 · 梦

驾鹤蓬莱十五年，
梦中依旧是从前。
开书夜读台灯下，
起早晨炊灶火边。

春夏易，
世时迁，
健儿娇女自着鞭。
全家乐业君无见，
百感丛胸泪泫然。

临江仙·七夕遥想

月朗星稀轻露，
银河渺渺云烟。
魂萦牛女碧霄天。
年年逢七夕，
相会说思牵。

恨我阴阳相隔，
不堪往事绵绵。
肝肠寸断忆翩跹。
月华凉若水，
坐看鹊桥仙。

鹧鸪天·碧落黄泉难觅君

携手相知半世珍，
生离死别一晨分，
飘然恍惚悲伤梦，
地裂天崩梦却真。

情不已，
怨难申，
翩翩冥币去无痕。
年年岁岁春秋路，
碧落黄泉难觅君。

临江仙·清明祭

今又清明春草绿，
黄泉碧落寻君。
怆然泣下颊留痕。
廿年思悼苦，悲祭断肠人。

育李培桃倾热血，
杏坛奉献耕耘。
应知蝇虎噬廉臣。
青松迎凛冽，后辈继忠魂。

联 花 篇

楹联，原指张贴或镌刻在楹柱上的对联，即题于楹柱之联。后来泛指各种对联，是各种对联的雅称。楹联是中华文化宝库中的独立文体之一，具有群众性、实用性，长盛不衰。楹联的基本特征是词语对仗和声律协调。我学楹联写作，是因为我学习诗词写作。近体诗的七律、排律、长律除首尾二联外，其他各联都要对仗。因此要学会写律诗，必须学会对仗。于是就有了我"联花篇"中的各种对联。练笔之作，写得粗糙，敬请批评指正。

春联 （六副）

一

纷飞瑞雪，玉树琼枝，喜兆风调雨顺；
绽放寒梅，清香雅韵，年迎体健神怡。

二

推窗赏瑞，看碎玉压红梅，雪覆山川辞旧岁；
启户迎祥，欣满门盈紫气，猴来禹甸献新春。

三

红梅一点春开幕，
瑞雪满天岁庆丰。

四

年和喜讯同时至，
富傍勤劳接踵临。

五

肥猪似象全家乐，
大地回春百卉馨。

六

瑞雪飘飘，翠竹窗前摇倩影，
寒风冽冽，斑鸠门外送春声。

题临湖荷塘联

绿树生岚，风催荷伞送香气；
晨光添彩，露湛星云含曙晖。

题巢湖联（八副）

一

绿草如茵双岸碧，
白云若水一湖明。

二

碧水苍茫云作岸，
春风荡漾草生波。

三

百里碧波翔白鹭，
一轮红日映蓝天。

四

红墙庙宇清净地，
碧水湖光艳阳天。

五

庙宇参差香霭里，
渔船荡漾碧波中。

六

山光树色景称秀，
日朗风和湖映天。

七

风送钟声穿绿树，
日移塔影过焦湖。

八

万顷苍波明玉镜，
一轮红日丽湖天。

题姥山岛联 （四副）

一

碧水清波绿岛，

蓝天丽日青峰。

二

巢湖水漾晴空月，

姥岛风扶峻岭松。

三

湖水不浮山色去，

清风时送磬声来。

四

登高远眺，碧水环流，疑是蓬莱仙境；

拾级徐行，松风罄绕，却为大地人寰。

题银屏山联（四副）

一

绝壁花开，千古奇葩招远客；
仙居雾锁，一山碧树蔽云天。

二

沟壑纵横，遍山松柏作屏障；
危岩壁立，一品牡丹开峭峰。

三　题小岭猫耳洞联

绿树青山，石级羊肠小道；
红花碧水，斜阳福地洞天。

四　题银屏山仙人洞联

幽洞奇观，石笋金娃乳水；
银屏胜境，悬崖绝壁仙葩。

题巢湖学院联（三副）

一

倚牖赏斜晖，看西天夕照，来自巢湖水上；
环校观胜景，喜桃李春风，暖融学子心田。

二

天天听鸟语，满园毓秀飘馨气；
处处读书声，一校攻坚育俊才。

三

风晨闻竹语，疑春雨知时潜至；
月夕赏岚馨，见暮云似火漫飞。

自题联（三副）

一

静读诗书增智慧，
闲观绿野悦衷情。

二

光阴荏苒匆匆逝，
岁月葳蕤日日新。

三

日诵诗词扶瘦笔，
夜听巨著对孤灯。

题书房联

桂雨樟风竹韵，
诗歌典故文章。

题住房联

桂蕊飘香，看霞染树色；
高楼靓彩，喜门沐朝晖。

题诗词楹联班联

古稀耄耋皆勤学，精神无价；
联对诗词共切磋，志趣有缘。

春节赠儿联

闻鸡起舞，勤耕博学，张弛有度身康健；
追梦兼程，治教科研，信心无减业定成。

观光联（七副）

题壶口瀑布联

九曲黄河，十里巨涛雷贯耳；
一壶白玉，千重骇浪鸟惊心。

题黄龙桃花山联

岭上桃花，条条路径飞红雨；
峰前翠柏，叠叠山峦散绿荫。

题兴化油菜花联

河映满天碧水，
野呈遍地黄花。

题试刀山隧道联

青山卧横疑无路，
隧道通衢别有天。

173

题石涧桃花联

绿树桃花春艳艳，
丽日和风燕双双。

题宿松小孤山联

四面湍流，浪涌千层龙舞爪；
一峰矗立，云飘万朵凤开屏。

深山秋光联

一树红霞霜染就，
满山碧玉绿遮天。

题巢湖半亭联（两副）

一

四处琼楼，一片绿地休闲处；
半亭日月，八面风光聚友朋。

二

一片闲情潜梦笔，
半亭春色入诗囊。

题工人疗养院竹园联

一园翠碧，枝横云梦身怀节；
满目疏骄，叶拍苍天品自高。

反腐倡廉联

浊水染河，浮云蔽日，贪腐敛财饱己囊，民间百姓心为秤，万年遗臭污青史；

清风盈袖，碧宇鉴行，廉明忘我兴民利，路上行人口作碑，百世流芳育后人。

贺程毓熙老先生八十大寿联

鹤发童颜，悠然八秩，儿孙莫道桑榆晚；

丰衣足食，乐享千年，耄耋笑迎桃李春。

横批：健康长寿

附录一　贺诗

贺邹焰老师《朝枝繁露》付梓

李正国

逸兴付诗章，贞明笃众芳。

秉文知朴茂，横笔斗风霜。

更有梅兰意，还余精气昂。

汉唐吟盛世，耄耋濯霞光。

贺邹老恩师《朝枝繁露》付梓

张四海

杖朝素朴老先生，诗句雄浑出玉清。

闲暇煮茶书世事，退休挥墨笔勤耕。

亲题妙语幽香起，雅集高吟硕果成。

积翠绝伦珍寄迹，流芳传后美其名。

177

贺邹焰老师《朝枝繁露》付梓

秦志存

仙才一代出银屏，绛帐传薪多少情。

最喜朝枝沾雨露，毫端蕴秀写人生。

贺邹焰老师诗词集付梓（藏头诗）

张明高

贺词肤浅表真诚，邹府人才皆有声。

教学呕心桃李秀，授知备课焰光明。

诗新韵雅追风味，集靓意深酬友情。

付费劳神何介意，梓行传艺慰平生。

贺邹焰老师《朝枝繁露》付梓

洪荒

一　嵌名联

朝枝不拄缘康乐；

繁露常沾自靖和。

二　贺诗

岁登八秩汇吟翰[①]，词曲诗联蔚大观。

风光摄影图文茂，酬唱怀思显寸丹[②]！

---

① 吟翰，此指诗词曲联作品。

② 寸丹，即一寸丹，此指一颗红心。心之体积在方寸之间，故言寸丹。语见柳亚子《感事呈毛主席》："头颅早悔平生贱，肝胆宁忘一寸丹。"

179

锦堂春·欣读邹焰老师诗词佳作

胡业铭

纵放雏鹰万里，
育栽桃李千山。
卅春励学温情挚，
阆苑彩霞丹。

浓墨描摹图画，
雅怀歌咏馨兰。
儒贤女史挥橡笔，
钦赏玉琼篇。

附录二　文友书法

奇葩静净属山乡　身置悬崖美
誉扬雪帽云衣霞作带　馨风饮
露石为床清明蕊敛浓　韵含雨花闹
淡淡香迴璞归真俨子态冰肌玉
骨傲翠芳

邹绍教授命银屏奇花白牡丹

壬寅清和月　李焉旭书

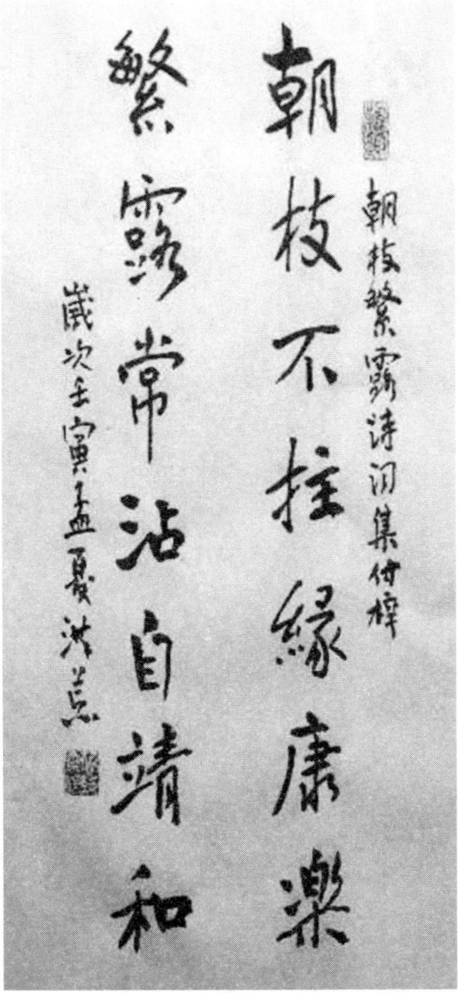
朝枝繁露詩詞集付梓
朝枝不枉緣康樂
繁露常沾自靖和
歲次壬寅孟夏

怀当年汤山脚下常聚首

同学情谊深似海

老来生活乐无涯

看今朝巢湖之畔其哦吟

恭贺
邹韬教授诗集付梓

壬寅夏李春旭书

陈义林撰

后　记

张磊

　　母亲的《朝枝繁露》终于付梓了。《朝枝繁露》的面世经历了一个较长的过程。首先母亲在写作该诗词集时就花费了不少心血。母亲是七十岁以后开始学习诗词、楹联写作的，老年学诗是有一定难度的，是一个艰苦的过程。母亲对自己的写作可以说是精益求精，有时甚至是废寝忘食。其次，为编辑本诗词集，她不厌其烦地将这些年的作品选了又选，改了又改，总想越改越好。对于作品的分类、加注等，她也费尽心力，不停地充实、修改。以至于《朝枝繁露》直到今天才得以与大家见面。

　　母亲从20世纪60年代末开始，一直从事教育工作，但在母亲心中总是葆有对诗词的那份热爱。退休十年后，母亲进入老年大学，学习诗词、楹联写作。母亲创作诗词注重从生活、自然、重大事件中攫取灵感，笔耕不辍。本诗词集精选、收录了她近八年来所写的约 200 首作品。

母亲虽年近耄耋，但她关心万事万物，总是将她所关心的诉诸笔端。《朝枝繁露》中的作品，或饱含浓浓的乡情，或歌颂党的阳光雨露和改革开放以来所取得的丰硕成果，或赞美祖国的大好河山，或咏物抒怀，或酬唱赠友，更有怀思情愫。总之，每首诗词、每副楹联都充满了浓浓的爱意，真挚的情感流淌于字里行间。诗如其人，文如其人。从母亲的诗词作品中，可以感受到母亲对美好生活的向往，对党、对祖国深沉的热爱，对家人和亲朋好友的真情。

《朝枝繁露》能够成功面世，必须要感谢母亲的一批诗友的关心和鼓励，特别要感谢秦志存、洪荒二位老师的精心授课和不辞劳苦的指点，感谢二位老师在母亲的诗词集付梓前，对于诗集中的作品所提出的宝贵修改意见。在此还要感谢安徽诗人之家委员会会长李正国先生和秘书长张四海先生，感谢他们的鼓励。感谢母亲的老同学陈法林校长、李念旭老师，二位老友不但一直给予母亲热情的关心和积极的支持，还赠对联、墨宝，为本诗词集增光添彩。还要感谢胡业铭等老友新朋在本诗集撰写过程中给予的指点和帮助。

作为一部诗词爱好者的作品集，《朝枝繁露》中

22

的诗词，难免还有不足与疏漏之处，敬请各位贤达方家不吝赐教！